宇佐美魚目の百句

万象への存問

武藤紀子

ふらんす堂

目次

宇佐美魚目の百句

火の山の銀河は髪に触るるかに

『崖』
昭和二十五年

1

魚目の第一句集『崖』の巻頭に置かれた句。「乗鞍岳」と前書がある。七月、橋本鶏二と乗鞍・上高地へ。夜、宿舎を出て満天の星を眺めている。

前年、虚子の媒酌により結婚したばかりの魚目。心中にふつふつと俳句への情熱がたぎっていたことだろう。

掲句が詠まれたのは私が生まれた次の年にあたる。魚目の長男「清」誕生の年である。そう思うと、魚目は私にとって父親のようなものであったのだ。

空蟬をのせて銀扇くもりけり

『崖』
昭和二十六年

2

魚目の第一句集『崖』の三句目にのっている。

前書にある「九州に旅す」は野見山朱鳥らとの旅だ。

第一句集にその俳人の萌芽がうかがえるとすれば、掲句にはまさに魚目俳句の特色が濃くでていると思う。

空蟬を拾って持っていた扇の上にのせ、句をひねっているる魚目の姿が浮かんでくる。

「銀扇」が一句の心臓の部分だ。

椿流るる速さとそろひわが歩み

『崖』
昭和二十六年

3

最初に誕生した子供は男の子だった。
虚子に名を付けてもらった。虚子と同じ「清」という。
「十二月十二日、長子清出生」と、いかにもうれしそうな前書がある。
清流を流れ落ちる真紅の椿の花。
長子誕生となり、生きるということに気合いが入った。

手袋の手を置く車窓山深み

『崖』
昭和二十七年

4

『崖』の序文に橋本鶏二がこの句について触れている。

「身をもつて体験しながらすることよりほかに、このみちを理解するみちは無いのだと言ふ、さういふ極めて無智な馬鹿みたいな道程を、盲のやうにただ歩くときから、身につく香気が初まるのである。」

　昭和二十七年十月、魚目は仕事に就き、単身、三重県宮川村に住むこととなった。

　前書に「紀勢東線三瀬谷の奥に妻子と別れ住む」とある。

箱眼鏡みどりの中を鮎流れ

『崖』
昭和二十八年

5

三重県の山奥、三瀬谷の奥に、仕事のため妻子と別れてしばらく住んでいた魚目。

山中の暮らしは、川釣や川遊びの他に楽しみがない。

この年の夏、橋本鶏二が宮川村に訪ねてくれた。これはそのとき出来た句。「大萵苣の葉につのる雨山隠し」とこの箱眼鏡などの句で「ホトトギス」雑詠巻頭となる。

指で梳く髪炎天に熱きかな

『崖』

昭和二十八年

6

「七月三十日、長女樹出生、帰郷三句」と前書がある。
二人目の子供は女の子だった。
今度は橋本鶏二に名をつけてもらった。「樹」と書いて「しげり」とよむ。
三瀬谷の仕事をやめて妻子の暮らす鳴海に戻った。鳴海の家は荒れ寂びていた。
熱い夏の日盛り、髪を指で梳きながら立ち尽くす魚目。
魚目は何を思っていたのだろう。

八月や息殺すこと習字の子に

『崖』
昭和二十九年

7

三瀬谷の仕事をやめ、鳴海の家に戻った魚目。
習字教室を開いて生計をたてることとなった。
「自分で生徒募集のちらしを書いて、電柱に貼って廻ったんだ」とよく言っていた。
前年には長女が誕生し、父として、一家の主人として頑張らなくてはならない。
幸い、近所に鳴海製陶の団地があり、たくさんの子供達が習いに来るようになった。

岬炎天どこの家にも老が居て

『崖』昭和三十二年

8

この岬はどこだろう。魚目の好きな神島には岬がなさそうだから、きっと安乗岬だろうと思ったら前書があった。

「八月十七・十八・十九日、第一回年輪鍛錬会〈志摩安乗岬〉十句」

魚目は若いのに老人なんか詠んでいると思ったが「若いうちは老人のような句を、歳をとったら若人のような句を詠みなさい」という魚目の言葉を思い出した。

月の雨棗に色の来つつあり

『崖』
昭和三十二年

9

「馬場駿吉を訪ふ、庭に棗の大樹あり、二句」と前書。

馬場駿吉は魚目の「刎頸の友」である。

美術や音楽など芸術全般にわたって詳しい駿吉に、魚目はどれほど影響を受けたことだろう。

この句は私達教え子に人気があり、棗の木をみつけると、誰でもまずこの句を口ずさんだものだった。

煖爐燃え卓布ぎつしり花を縫ふ

『崖』
昭和三十三年

10

「十一月三十日、駿吉居、四句」と前書がある。

馬場駿吉は魚目の生涯の友であった。

昭和二十九年四月に長岡一彫子、馬場駿吉と会う、と『魚目句集』の年譜にしるされている。

駿吉は医学生、一彫子は古美術商の家に生まれ、家業を嗣いだ人。この三人が俳句三兄弟的な盟友関係を結び神島や木曽への吟行の旅、大原美術館、坂本繁二郎や香月泰男、駒井哲郎を訪ねた美術の旅などを重ね、切磋琢磨しつつ競い合ってきたのであった。

山はなれくる雪片に菊にほふ

『崖』昭和三十四年

11

魚目は生涯、木曽と神島に吟行していた。
掲句はその木曽の上松で詠んだ句。
橋本鶏二の「年輪」の同人となった年のことだ。
一月三日から五日まで「第三回年輪鍛錬会」に、木曽上松へ行った。
「雪」と「菊の香」の対比。
美の匂いが漂う。

母と見しも雪中紡錘形の鯉

『秋収冬蔵』
昭和三十九年

12

「木曽二句」と前書があるので、いつもの木曽上松への旅であろう。季節は冬。山中なので寒く、雪が積もっている。宿の雪の庭の池を覗くと鯉がいる。昔、母とこの宿に来た時もこの庭の鯉を見たことを思い出す。真紅の鯉の色ではなく、紡錘形の鯉の形を思い出したのだ。円柱の両端をとがらせたような鯉の形。母と見た時も「おもしろいね。鯉というものは紡錘形をしているんだね」と母と話していたことを。

春昼や墓濡らし去る白き足袋

『秋収冬蔵』
昭和四十年

13

この句をはさんで展墓の句が四句並ぶ。二月から八月まで、いずれも母の墓への墓参を詠んだものと思われる。墓に参り、墓を洗い、去ってゆく白足袋の主は誰なのだろう。母は亡くなって墓の中にいるのだが、私には、この白足袋の人が母に思えてしかたがない。

墓を浄めて洗っているのではなく、墓を涙で濡らしているように思えるのだ。

山羊の頭のしこる遠景障子貼る

『秋収冬蔵』
昭和四十年

この句を見て、すごく変な句だなあと感じた。

まず冒頭に山羊が出てくる。しかも山羊の頭がぬーっと出現するのだ。次の「しこる」の言葉も、何か変だ。「集まって一団となる」という意味だろうか。「意地をはる」や「筋肉などが凝ってかたくなる。かたまりやしこりができる」の意味だろうか。

最後にくる「障子貼る」という秋の季語の取り合わせは面白い。冬を迎える荒涼とした景。山羊と自分との距離感、山羊と障子の白のイメージが強く迫る。

背泳ぎの父夕波に顔越され

『秋収冬蔵』
昭和四十一年

海だろうか川だろうか。父親の泳ぐさまをじっと見る。「泳ぐ」という季語だから夏の景なのだが、どこかしんとした、ひんやりとした感覚だ。

魚目と父・野生との関係を思う。魚目は一人息子だ。第一句集『崖』の序文に橋本鶏二がこう書いている。「野生さんは、そのをり、自分はもう年齢がいつて駄目だが、魚目は一人前にしてやりたいと思つてゐます、といふ風にも言つた。」と。

夏柳風に吹き割れ古人見ゆ

『秋収冬蔵』
昭和四十二年

「芭蕉の書簡」と前書があるので、この「古人」は芭蕉のことであろう。

一陣の風が吹いてきて、柳の枝が揺れる。左右に大きく靡く枝の間から芭蕉が現れるのだ。真打ち登場というところか。

魚目は芭蕉の真蹟の書簡を所蔵していたと聞いた。

馬もまた歯より衰ふ雪へ雪

『秋収冬蔵』
昭和四十二年

17

魚目の句として、有名になった句だ。二物衝撃の手法で「雪へ雪」という季語が面白い。『宇佐美魚目傘寿記念文集』で中岡毅雄氏がこう書いている。

「木曽へ吟行された時、魚目さんは中七の部分までは出来たそうである。作者は歯の衰えた馬を目にして心動かされた。その情景にどのような季語を据えるか。魚目さんは下五の表現を摑むために、なんと名古屋鳴海町から木曽山中まで、三度足を運ばれたそうである。その結果、摑み取った表現が「雪へ雪」だった」。

悼むとは湯気立てて松見ることか

『秋収冬蔵』
昭和四十四年

魚目の美意識が象徴されているような句だ。

茶室のような小さな部屋。炉に掛けた釜の湯がたぎって、しゅんしゅんと湯気を立てている。

雪見障子の硝子窓から、庭の松の木が見える。

一人茶をたてているこのような場合にはじめて、深く人を悼む気持ちになれるといっているのだ。

心願を解くや頭上を春かもめ

『秋収冬蔵』
昭和四十五年

前書に「悼野見山朱鳥二句」とある。

魚目にとって野見山朱鳥は大切な人であったと思う。

掲句の二十年前、奈良、西大寺にて朱鳥とはじめて会って以来、たびたび共に遊んでいる。私達のカルチャー教室でも、野見山朱鳥の名は何度も聞いている。

魚目の俳句に深い影響を与えた人だと思う。

白湯吹いてのむ春風の七七忌

『秋収冬蔵』
昭和四十五年

20

野見山朱鳥を悼む二つ目の句。

魚目は大勢の人と仲良くなったり、友人になったりしない。ごく少数の気心の合う友人と一生つき合った。

なかでも野見山朱鳥はとくに好きな人だったと思う。

私は一度も野見山朱鳥という人を見たことがない。

私が俳句を始めた時はもう亡くなっておられた。

一度は会ってみたい人だった。

夏花摘あるけばうごく山の音

『秋収冬蔵』
昭和四十五年

21

俳句を始めるまでは知らなかった言葉がたくさんある。

「夏花摘」もそのひとつ。

三十年も前のこと、よく句会に出る季語だった。

関ヶ原の近くの宿場町「醒井（さめがい）」の吟行で、門川に山の花が摘まれて浸してあった。

それを見ると、みんな「夏花」で句を詠んだものだ。

魚目の好きな季語だったからだ。

翔ぶものに空やはらかし余花の村

『秋収冬蔵』
昭和四十七年

22

ずいぶん人気のあった句だ。

晩春の、暖かく柔かな里山がよく捉えられている。

「翔ぶもの」とは鳶だろうか。大きく輪を描いて舞う鳶を、けぶったような薄青い空が柔かく包み込む。

山桜がぽつぽつ白く残り咲いている。駘蕩たる景。

どんなに皆に褒められても、魚目はそう満足していなかったかもしれない。

もっと冷たく厳しいものが好きだったから。

朧夜を泪のごとく湧きしえび

『秋収冬蔵』
昭和四十七年

魚目らしい句だなあといつも思っていた。「朧夜」という季語、「泪のごとく」という叙情たっぷりの措辞。その叙情をおさえるような「えび」の出現。『宇佐美魚目傘寿記念文集』で田中裕明の掲句についての評をみつけた。

「泪のごとくが、魚目さん独特の比喩だと思われます。大峯あきらさんが自作の『子規読めばまた力わく』という句を示して、冗談に、魚目なら『子規読めばまた涙わく』というところだと言われたことを思い出します。」

日々水に映りていろのきたる柿

『秋収冬蔵』
昭和四十七年

24

一本の柿の木を映している水。

川だろうか、小さな池だろうか、それともつくばいの水だろうか。

毎日見に行けば、柿の木は毎日映っている。

柿青葉の頃、青い実が生る頃、その実がだんだん色付いてくる頃。水に映り変化してゆく柿の色の美しさ。

十七文字の短い言葉で、長い時のうつろいを、無理なく表現しているところが凄い。

すぐ氷る木賊の前のうすき水

『秋収冬蔵』
昭和四十七年

25

木曽山中の灰沢鉱泉は魚目の句作りの地である。

我々弟子達も、何度も吟行したものだ。

宿の玄関先に山水を竹にひいてつくばいがある。

そのつくばいを囲むように木賊叢があり、まるで魚目の聖地のように、我々はその前にうずくまる。

「うすき水」が勘所だろう。

厳寒の中に、春の息吹きを感じさせる。

落日を境に氷り鷹ヶ峯

『秋収冬蔵』
昭和四十八年

26

「鷹ヶ峯」と聞くと、どこか急峻な山の名かと思われるかもしれないが、京都洛北に古くからある町の名である。本阿弥光悦の光悦寺のあたりだ。

たしかに寺のすぐ裏には山が迫り、冬は厳しい寒さの地である。

「落日」「境」「氷り」ときて、最後に「鷹ヶ峯」がどっしりと坐る。

美を追求する魚目の真骨頂である。

箸とめてひとも一つ葉見て在るか

『秋収冬蔵』
昭和四十八年

魚目にとって眼前の景はみなひとつずつ永遠なる「懐かしい絵」なのである。白昼の一人一人の飲食、咀嚼する音、一つ葉のくすんだ緑色。眼前のものを食べる時の音と姿の中に魚目がありありと見ているものは、不思議な永遠の世界だ。時代の隔ても、古今の序列も、彼岸、此岸の境もまったくない。そしてその景を捉える力は、日本人の血脈の中に培われ、休むことなく滔々と流れてきた「ものの光を捉える力」なのだ。

藁苞を出て鯉およぐ年の暮

『秋収冬蔵』
昭和四十八年

28

越冬させるために鯉をどこかへ移している景か。
藁でくるまれた鯉を池へ放つ。
暗く冷たい水の中に深紅の鯉のひれが動きはね上がる。
魚目の句作りの場所は木曽と神島だが、この句は木曽
山中の灰沢鉱泉で見た景かもしれない。あるいは鯉の引
越しで有名な飛騨古川かも。
　山の匂いがする。

死を知らずよべ望月を梅の中

『秋収冬蔵』
昭和四十九年

29

「悼香月泰男先生六句」と前書がある。

魚目がいつも語っている「存問」という言葉の中で、死というものへの存問、つまり悼句は一番重いものだ。香月への悼句六句は、魚目第二句集『秋収冬蔵』のなかで最重要の位置を占めているのではないか。

香月泰男は画家。シベリアに抑留されていた時の絵を帰国後に描いた。「シベリア・シリーズ」が有名。魚目も一枚所持していた。

あかあかと天地の間の雛納

『秋収冬蔵』
昭和四十九年

30

香月泰男の「シベリア・シリーズ」の中に「埋葬」という題の絵がある。香月のシベリア抑留の体験の絵だ。「死者は山の斜面に埋葬した。冬の凍土は掘り難く、雪解けにその中の幾体かは露出した。殊更暖かく明るく描いた。」と香月は帰国十年後に書いている。

魚目は「埋葬」を「雛納」と捉えたのだ。

シベリアの広大な大地の果てを赤く染める日の出。

「悼香月泰男先生六句」と前書がある最後の句。

うらうらと海上三里接木かな

『秋収冬蔵』
昭和四十九年

名古屋の熱田神宮の前「宮の渡し」から、桑名の「七里渡口」まで、東海道は舟で渡ることになっていた。

伊勢湾を七里ゆくのだから「海上三里」といえば今の蟹江のあたりだろうか。

うららかな春のよき日、小さな舟に乗っている。

岸辺の景がゆっくりと移り変わってゆく。

この句の季語は「うらうら」ではなくて「接木」だろう。ちょっと驚くほど離れた季語である。

山みちを紅炉へもどる虚子忌かな

『秋収冬蔵』
昭和四十九年

32

「私は虚子晩年の弟子だ」と魚目は言う。

いろいろとさまよったあげく、戻るところは赤々と立ち上がる炎のもとなのである。

紅炉の火は、あたたかく、なつかしく、自分をまるごと包み込んでくれるのだろうか。

66 − 67

最澄の瞑目つづく冬の畦

『秋収冬蔵』
昭和四十九年

33

この年の十一月二十三日、岡井省二宅で「座談会」があった。森澄雄、波多野爽波、川崎展宏、そして魚目。翌日、このメンバーで近江の坂本から比叡山へ。「一緒に吟行するメンバーが良いと、気力が出る」とよく魚目はこの折の話をしてくれた。

私はひそかに魚目はこの句が一番好きだったのではないかと思っている。最澄が好きだったのだと。

冬の日の川釣の竿遺しけり

『秋収冬蔵』
昭和四十九年

「十二月九日父他界六句」の前書がある。

岸本尚毅は『宇佐美魚目傘寿記念文集』の中でこの句について次のように書いている。「読み手が思い浮かべるのは、主を喪った釣竿が冬の日差しの中に置かれた情景である。（中略）魚目は、俳句で何かを表現するということにおいては、極めて無欲恬淡な作家である。魚目の句は、それによって何かを訴える、伝えるという体では毛頭ない。ただ俳句がそこにある、という姿である。良い意味で、魚目は俳句で出来ることを見極めていた。」

『秋収冬蔵』の掉尾に置かれた句である。

顔に墨つけて洋々日永の子

『天地存問』
昭和五十年

35

魚目は小学校の時から習字が上手で、各地の大会で優勝していたという。絵も同じくらい上手で、将来書家になるか画家になるか悩んだという。

自宅で書道教室を始め、たくさんの子供達やその親が通った。二階に吹き抜けの広い書道部屋があり、書いたものを見てもらうため、二階から階段を伝って一階の玄関、またその先の門の所まで、子供達が並んだという。

白昼を能見て過す蓬かな

『天地存問』
昭和五十年

36

虚子が能楽に堪能だったので魚目も能に興味を持った。あるとき「誘われて京都まで能を見に行ったが、一人前の大人が平日に京都まで「能」を見にゆくことに抵抗があった」と言われたことがある。

春たけなわの空白感を感じる。「白昼」という言葉があるからだろう。能楽の笛や鼓や謡いのゆったりとしたリズムもそれを助長している。

季語の「蓬」が不思議だ。なぜこの季語なのだろう。「桜」とか「蕨」では駄目なのだろうか。

忸怩たる気持ちが働いて、この季語になったのか。

こらへゐて雨も大粒空海忌

『天地存問』
昭和五十年

魚目は「空海」より「最澄」が好きだった。
しかし「書」ということになると比べ物にならない。
空海から最澄に宛てた書状を集めた『風信帖』は格別
大事にされていて、私達弟子にまでその写しをくれた。
「空海忌」のこの句も難解だ。
「こらへゐて」いるのは「雨」か「魚目」か「空海」か。
いったい何をこらえているのだろう。

雪吊や旅信を書くに水二滴

『天地存問』
昭和五十一年

雪国への旅。雪吊で有名な金沢への旅であろうか。
今、筆で手紙を書く人はまずいないだろう。
手紙自体、書く人は少ない。ほとんどメールだ。
墨の匂いのする宿の小さな和室。窓からは雪吊のほど
こされた美しい松の姿が見える。
水滴から硯にぽとりと落とす水。

雪ごもり虚子道鏡を習ひしや

『天地存問』
昭和五十一年

虚子から「道鏡の書をどう思いますか」と聞かれて以来、魚目は異常なくらい道鏡に興味を持つようになった。道鏡の書が見たくて、友達を誘って九州の宇佐八幡宮まで出かけた。道鏡の書を見せて欲しいと頼んだら、「こちらには道鏡の書はありません」とすげなく断られたという。魚目らしい話だ。名古屋から駆けつけたのに。

東大寺湯屋の空ゆく落花かな

『天地存問』
昭和五十一年

ゆったりとした詠みぶり。

駘蕩とした春の空気のなかに、大寺も、湯屋も、古木の桜も、どっしりと坐っている。

花びらが虚空をゆっくりと流れている。

機鋒を抑え込んだ詠みぶりが、力となっている。

「湯屋」というのは坊さん達が入る「風呂」のこと。風呂といってもお湯に入るのではなく、蒸し風呂である。今のサウナみたいな風呂らしい。京都の建仁寺や泉涌寺で見たことがある。大伽藍の晩春の昼下がり。

海の霧精霊ばつた濡らしたる

『天地存問』
昭和五十一年

41

同じばったの仲間でも「精霊ばった」と聞くと格が上がる。別名の「きちきちばった」よりさらに格が上だ。

盆の頃よく見かけることから名が付いたらしい。

「精霊ばった」という言葉を見付けたここに魚目の隠れた腕前を窺うことが出来る。

精霊ばったは雨に濡れたのではなく、海霧が濡らした。

私も魚目の真似をして、ばったを見たら必ず「精霊ばった」と詠むことにしている。

播州の夕凪桃を見て来たり

『天地存問』
昭和五十一年

「夕凪桃」と読む人がいるが絶対「夕凪」で切れる。

私が大好きな句。あんまり好きなので、真似して「冬の日の播州を母歩きをり」と詠んだ。

播州になど行ったこともない母を歩かせて、魚目の好きな「母」を主人公に仕立ててみたのだが。

「播州」という地名がよい。「夕凪」という言葉がよい。季語の「桃」がよい。この三つの言葉は、赤く、熱く、お互いに絡み合って、ひとつの物語を繰り広げている。

田に人のゐるやすらぎに春の雲

『天地存問』
昭和五十二年

43

魚目は吟行が好きだった。昔の句会は、持ち寄りの句や席題が多くてうんざりしていたと言っていた。

四季の自然を見て句を作る。

そうは言っても、自然の山や川や田や畑だけではさみしかったのだと思う。

そこに人間がいて、人のいとなみがあって、はじめて一句になると思っていたのではないだろうか。

冷えといふまつはるものをかたつむり

『天地存問』
昭和五十二年

魚目らしい句だと思う。

「冷えといふまつはるものを」とするすると書き下ろして来て「かたつむり」もそのまんま続いているように見える。しかし、短い切れがたしかに入っているのだ。

この句の季語は夏の「かたつむり」か、それとも秋の「冷ゆ」なのだろうか。

この句は一句一章の句か、それとも二物衝撃の句か。

何やらとんとわからないうちに、魚目ワールドに誘い込まれて「うーん」と感心させられてしまう句だ。

風吹いて道へ開く戸や逆の峰

『天地存問』
昭和五十三年

45

「逆の峰」は「逆の峰入（り）」のこと。吉野から大峰山への道を熊野三山へ出るルートで、秋に行われる修験道の山伏の行である。

吉野の山奥の農家。裏戸が風でバタンと開く。
人けのない山中のひんやりとした秋の気配。
山陰になった峠へ続く道。
山伏の吹く法螺貝の音が聞こえてくるようだ。

初あらし周防に一つつらき墓

『天地存問』
昭和五十四年

この墓には画家香月泰男が眠る。山口県三隅町にある。香月の絵、ことに「シベリア・シリーズ」は、魚目に強い影響を与えた。魚目は「舟上」という絵を所持していた。

魚目の紹介で、渡辺純枝さんと二人でこの墓に詣でたことがあった。山陰線に乗って右手に日本海を見てゆく。香月家の玄関脇に大きな豆の木があった。

香月がシベリアから持ち帰った豆が育ち、これ程の大木となって繋っているのだった。香月の墓の前で、純枝さんが般若心経を唱えてくれた。

『天地存問』最後の句。

鹿角（かづの）かと見て枝なりし月の山

『紅爐抄』
昭和五十四年

山道を歩いてふと鹿の角のような木の枝を見付ける。

向こうの山から月がのぼってくる。

魚目には「鹿角」に思い入れがあるのだ。

京都の六波羅蜜寺の空也上人像だ。

口からいっぱい小さな仏様を吐き出し、鹿の角のついた杖をたずさえている。鎌倉時代に作られた。口で南無阿弥陀仏と唱え、その六音を仏様の形であらわした像だ。

長月の古りし楽所の雨雫

『紅爐抄』
昭和五十四年

48

名古屋には熱田神宮という古い大社がある。

名古屋で吟行といえば、名古屋城か熱田神宮だ。

ここに「西楽所」と札が立っている所がある。

西があれば東楽所もある筈なのだが、それは残っていない。

「楽所」というのは、笙やひちりきなどの雅楽の楽団員が演奏を学ぶ場所。

「西楽所」という名が美しいので句に仕立てやすく、よく詠まれた。私達も真似をして熱田へ吟行のときはよく使った。

落葉して泉の顔の小さくなる

『紅爐抄』
昭和五十四年

49

小さな泉に枯葉が降り注ぐ。枯葉に覆われた泉の面。枯葉の覆っていない水面を「泉の顔」と言った。ただそれだけなのに、詩心にあふれた魔法の言葉の並びになっている。なんでもない言葉を使って句を詠んでいるだけなのに。

この中の誰雨をんな竜の玉

『紅爐抄』
昭和五十五年

50

魚目にしては軽快な句を詠んだものだ。

吟行で雨に降られたのだろう。

一行の中の女性陣のせいにしているが、どうして魚目こそが雨男なのだ。それも嵐のように荒れることが多い。

ちなみに私は晴女。

いつも湿っぽくて色っぽい雨女をうらやんでいる。

雪兎きぬずれを世にのこしたる

『紅爐抄』
昭和五十五年

51

この頃は雪兎を見ない。暖冬ばかりで、ちっとも雪が積もらないせいかもしれない。

昔は門のあたりに小さな兎がうずくまる形の雪兎をよく作った。雪だるまより簡単で可愛い。

この句は「雪兎」と「きぬずれ」という魅力的な二つの言葉が喧嘩したり、傷つけ合ったりしないで、むしろより深く、より素敵にイメージをふくらませている。

かそけき音をたてて去ってゆく美しい女人の姿がある。

負真綿からだからだと母の声

『紅爐抄』
昭和五十五年

52

魚目の句集には何度も母を詠んだ句が出て来る。

一人息子のからだを案じて「からだ、からだ、からだに気をつけて」と繰り返す母。

その母こそからだが弱くて、綿入れを着て、小さな顔をしている。そして早くに亡くなってしまったのだ。

藻畳に蟬のななめに落ちしまま

『紅爐抄』
昭和五十六年

53

この年の八月、波多野爽波の「青」で丹波篠山鍛錬会があったときの作品。このとき爽波は「菱採りしあたりの水のぐつたりと」と詠んでいる。

　魚目は「青」の同人であったが、ちょっと別格扱いだったようである。そして「ホトトギス」も「年輪」も退会して「晨」を立ち上げる前は「青」が唯一の居場所であったのだった。

蛇すべる草のひかりも月過ぎし

『紅爐抄』

昭和五十六年

54

アンリ・ルソーの絵の世界を思う。
暗い密林。
月光に黒いシルエットとなる丈高い草。
黒い蛇のくねる影。
絵も上手な魚目ならば、どんな絵を描いたのだろう。

手をのべて天地玄黄硯冷ゆ

『紅爐抄』
昭和五十六年

55

魚目は書家なので、このような句を身に添って詠む。天地玄黄と名付けた硯であろうか。天の黒色と地の黄色を言う「千字文」の第一の句である。

「円座」の表紙の字は魚目が集字をした。褚遂良と顔真卿の字である。「別々の人が別々の本に書いた一文字ずつを並べても合わない筈だが、二人が天才の場合はぴったりとおさまるのだ」と魚目は言う。

112 − 113

春潮や墨うすき文ふところに

『紅爐抄』
昭和五十七年

魚目俳句の典型ともいうべき句。
厳しく冷たい句ではなく、柔らかな句に属する。
まず「春潮」という季語。
魚目は虚子の「春潮といへば必ず門司を思ふ」の句が
大好きだった筈だ。
次に「薄墨」。魚目の濃い墨の句は見たことがない。
最後に「ふところ」。
なぜかこの言葉を見ると、魚目を思う。

昼の酒蓬は丈をのばしけり

『紅爐抄』
昭和五十七年

57

魚目が酒を飲んでいるところを見たことがない。それは私が専業主婦で俳句の夜の会という場所へ出たことがないからだ。私が知っている魚目は句会や吟行会が終わるとさっさと帰った。けれど酒が嫌いという話も聞いたことはない。きっと若い頃「ホトトギス」や「年輪」や「青」の時代はよく飲んでいただろう。

眼前の蓬がそんな筈はないのだがほんの一寸程丈が伸びたように見えた。酔眼とはそんなものだろう。

死はかねてうしろにされば桃李

『紅爐抄』
昭和五十七年

「母を失ひて三十八年　六句」と前書がある。
魚目にとって一番大切な母は早くに亡くなった。
この六句を見ると、母は長患いをして夏に亡くなった
ようだ。
「死はかねてうしろに」で切れているのだろう。
死は気付かないうちにすぐうしろに迫っているのだ。
「桃」と「李」は何を象徴している季語だろう。

大志ありて昼寝欠かさぬ人なりし

『紅爐抄』
昭和五十七年

59

誰か、よく知っている友達のことを詠んだ句かもしれないが、私には魚目の自画像のように思えてしかたがない。魚目は大志を抱いていたと思う。後世に残る俳句を詠むという大志かもしれない。しかし魚目は含羞の人だったから、大志は胸に秘めていた。

初夢のいきなり太き蝶の腹

『草心』
昭和五十八年

どっきりするような生々しい句。ほんとうに魚目が詠んだのだろうかと驚く。評判は良い。男性に人気がある。女性にとってはなまなまし過ぎてもてあますか。

魚目といえば端整な美のイメージなのに。

「初夢」の季語に少し魚目らしさがあるのだろう。とにかく句集の一番初めにどんと出現するのだから、インパクトが強い。

「どうだ。静かで美しいだけが魚目ではないぞ」という声が聞こえてくるようだ。

小原村松名春雷また生れ

『草心』
昭和五十八年

「杉田久女」という前書がある。

「小原村松名」は愛知県豊田市の山奥。久女の夫、宇内の実家。久女の墓があり、句碑がある。杉田家は旧家で、大きな長屋門や梅林などが残っており、俳句を詠む者にとっては聖地ともいえる。魚目も何度訪れたかしれない。

ここで吟行するたびに、杉田久女の生涯を思うのだ。杉田家のすぐ傍に杉田たかさんという「晨」の同人が住んでいる。杉田家の親戚で杉田家のお守りをしている。たかさんの家に何度もお邪魔して五平餅などをご馳走になったことが忘れられない。

三日ほど漂ふ蔓や夏火鉢

『草心』
昭和五十八年

62

ものすごく省略された絵画が見えてくる。抽象画のようだ。画面の半分より上には蔓が漂っている。下半分には、真ん中に火鉢がでんと坐っている。

蔓と火鉢との関係は謎だ。絵画では「蔓」と「火鉢」しか登場しない。

しかし俳句となると他のさまざまなものが見えてくる。蔓を揺する山風。火鉢の置かれている古畳。飛び去る鳥の声。かたわらに咲く白い花。

小塩（をじほ）家といふは神職蜘蛛の糸

『草心』
昭和五十八年

63

魚目は蜘蛛が好きだったのか。「蜘蛛」の句がたくさんある。「蜘蛛の糸」「蜘蛛の巣」「夕蜘蛛」「蜘蛛の顔」などの季語が使われている。たしかに蜘蛛には「謎」のようなところがある。きらきらと光る蜘蛛の巣の美しい編み目。蜘蛛の巣にからめとられた獲物に忍び寄る妖しい蜘蛛の影。掲句は散歩していて「小塩」という表札を見付け、ああこの家は神職だったと思い出しているだけだろう。しかし「蜘蛛の糸」という怪しげな季語がつくと俄然句に陰影が出てくる。魚目の大好きな虚子の句に「蜘蛛に生れ網をかけねばならぬかな」がある。

巣をあるく蜂のあしおと秋の昼

『草心』
昭和五十八年

64

魚目の代表句のひとつ。とても人気がある。
秋の澄んだ空気。あたりに人はいない。静寂の中カサ
コソと小さな音がする。巣の中で蜂が動いているのだ。
しかし蜂の足音なんて聞こえるものだろうか。ブーン
という羽音なら納得できるが。
では何故この句が代表句となる程皆に好かれるのか。
魚目のこの代表句は、知らぬ間に読み手を魚目の世界
にひき入れてしまう力を持っているからなのだ。

能の出の笛のごとくに蜘蛛の糸

『草心』
昭和五十九年

能の楽器としては、太鼓、小鼓、笛などがある。

笛はかなり重要な役だ。シテの登場のときに吹かれる「ピュー」という高い笛音は、あたりをぴりっと引き締めて、何かを象徴しているようだ。

蜘蛛が糸を張るときの緊張感を詠んだのだろうか。

魚目には「東大寺湯屋の空ゆく落花かな」のように、ゆったりと駘蕩感のある名句もあるが、やはり冷たく引き締まった掲句のような句が本道であろう。

高虚子の葉書三行吊しのぶ

『草心』

昭和五十九年

66

吊しのぶの下がる縁側で、虚子先生からいただいた葉書をつくづくと見ている。

書家である魚目は、いつも虚子の色紙や短冊の書を誉めていた。もちろん俳句も誉めていた。

つねづね「私の師は虚子だ。私は虚子の晩年の弟子だ」と何度も繰り返していた。

虚子先生から頂いた葉書は、きっと宝物のように仕舞って置かれたことだろう。

魚目からもらう葉書は、真中に縦に金と緑の線が筆ですっと引かれている。私も真似しようとしたが、金と緑の真っすぐな線が引けない。

秋風やむしろ柳は性(しやう)を入れ

『草心』
昭和五十九年

「柳」は春の季語だが「夏柳」や「秋柳」もよく使われる。魚目は木では「松」が好きなようだが「柳」もよく詠んでいる。しかし春の「柳」の句は少ないように思う。

柳は柔かく、なよなよとしているが、秋風が吹き通る頃の柳は、いつも以上にしゃっきりと命が入って、生き返っていると言いたいようだ。

「堅田　三句」と前書がある。琵琶湖の西岸の堅田には何度も吟行した。堅田は湖族の郷であり、有名な浮御堂のあるところだ。

秋の夜のこぼれしままの水の玉

『草心』
昭和五十九年

魚目のめざすところが「美」というものであるとすれば、掲句こそがそれを摑まえていると思う。

月が冴えざえと照りわたり、かすかに虫の声が残る夜更け、夜の闇に静寂とほのかなさびしさがただよう。露の玉なのであろうか、葉の表からころがり落ちそうな水の玉。月光が反射してきらりと光る。

しかし現実の景にそんな水の玉がありうるのか。シュルレアリスムの絵画の世界の中にこそ、あるべき景なのである。

菱形に沼描きつづけ二月の死

『草心』
昭和六十年

何故かよくわからないのだが、魚目の句としてお手本になるような句だと思う。

「沼を菱形に描く」というところが良いのか、何ものかにこだわって描き続ける姿勢に共感するのだろうか。

その画家が二月に亡くなったということは事実だろうが「二月」という季語がことに効いている。

春が忍び足で近づいて来る。

この秋や鯛を波より抜き上げし

『草心』
昭和六十年

「神島二句」と前書がある。

「神島」は三島由紀夫の小説『潮騒』の舞台。大きな灯台が伊勢湾に出入りする船を照らしている。

三島はしばらくこの島に泊り込んで小説を書き上げた。魚目も何度も泊りがけで俳句を作りに出かけたものだ。そこで漁師が鯛を獲るところを見たのであろう。なかなか臨場感にあふれている。

紅梅や謡の中の死者のこゑ

『草心』
昭和六十一年

71

「いかに蓮生、敦盛こそ参りて候へ」「なにしに夢にてあるべきぞ、うつつの因果を晴らさんために、これまで現はれ来りたり」。

世阿弥の能「敦盛」。

主人公は死の世界から現われ、低い声で発声する。

舞台に梅の花の香が漂う。

竹生島か墳かこんもり夏のゆめ

『草心』
昭和六十一年

72

竹生島へは舟でゆく。

弁天さんに詣でるのに、長い石段がある。

あるとき小舟で竹生島を一周したことがある。島の裏側に廻ると、たくさんの鵜が棲んでいて、松は枯れて、白い鵜の糞にまみれていた。

六・七・五の破調の上に「夏のゆめ」という不思議な季語がついている。どこか甘さと懐かしさが感じられる。魚目はどんな夢を見ていたのだろう。

山の蛇棒の如くに飛ぶといふ

『草心』
昭和六十一年

ものすごくシンプルな句なのだが、印象が鮮明だ。

同じ「蛇」でも「山の蛇」というだけで、まわりのさまざまな景が見えてくるのだ。

また、蛇が飛び跳ねるさまを「棒の如くに飛ぶ」と、的確に描写することによって、蛇の生命感、勢い、力強さ、躍動感などの魅力が表現されている。

夕霰六曲一双たてまはし

『草心』
昭和六十一年

薄暗くなった広い日本間。六枚折りの大きな銀屛風がたてまわしてある。「たてまはし」というからには「六曲二双」ぐらいでもよかったかもしれない。

部屋には誰もいない。

突然ぱらぱらと音がして、霰が降って来た。

薄暗くつめたい魚目ワールドの景。

棹立ちの馬の高さに氷るもの

『草心』
昭和六十一年

この句も魚目の代表句のひとつといえるだろう。
冬の季語である「氷る」がポイント。
「棹立ちの馬」の鮮烈な印象。
鮮烈なイメージの割には、いまひとつよくわからない。
「棹立ちの馬の高さ」はだいたい想像がつく。
しかしその高さにあって氷っている「もの」とはいったい何なんだろう。

柩舟ちりちり氷踏みにけり

『草心』
昭和六十二年

「悼　啄木逸雄　二句」と前書がある。
二句のうちもう一つの句は「結氷や金銀泥を惜しみなく」。
私はずっとこの二句を芭蕉が亡くなったときのことを詠んだものと思いこんでいた。
弟子達が芭蕉の亡骸を舟に乗せて、大阪から滋賀の「義仲寺」へ運んだのだ。

芭蕉・朴・楪われの緑世界

『草心』
昭和六十二年

この三つの木はどれも、魚目の家の庭に植えられている。魚目の好きな木なのだろう。

「芭蕉」はわかる。俳人としては芭蕉の一株ぐらいは庭に植えておきたい。

「朴」は「朴落葉あつめるに胸つかひけり」という魚目の句が残る。

「楪」はどうだろう。新年の季語でめでたい。

魚目の中に「父から子への継承」の意識があったか。

四つ目の「われ」は木ではなく人間の自分のことだろうが、まるで自分も樹木のひとつのように詠まれている。

線香の函美しき冬の朝

『草心』
昭和六十二年

昔、児玉輝代の「杉」名古屋句会に参加していた。

その句会は、名古屋から宇佐美魚目、大阪から岡井省二を呼んで、豪華な顔触れだった。

初学の私にはレベルが高過ぎた。

ある日この句が出て、先生方が皆とっていた。その時は、なんでこんなシンプルな句が良いのだろう、ちっとも苦労の跡がない。見たまんまを詠んだだけじゃないと不思議に思った。

最近、ある歳時記でこの句に出会った。

光り輝いていた。

雪解山描くに一本朱をつよく

『薪水』
昭和六十三年

画家になろうか書家になろうかと迷った魚目にとって絵画は句作の大切な糧であった。

私達カルチャー教室の生徒にも、なるべく絵画や陶芸の展覧会に行くよう勧めた。

別に絵を見て俳句を作れということではなく、美というものに対する目を開くことを願っていたのだ。

掲句は自分が絵を描く時はそうするという句か、このような絵を見たのかはわからない。ただ白と黒の雪解山の絵には、一本の強い朱の線が欲しいと思っているのだ。

吹きつけしかたちにものの氷りたる

『薪水』
平成元年

魚目はあらゆる季語を使って俳句を詠むということをしない。好きな季語、よく使われる季語は決まっている。「冬」の季語だ。「冬」「寒し」「冱つ」「霰」「霜」「雪」「氷」などの季語を使った句が大半を占める。これらの冬の句は、たいがい木曽の灰沢鉱泉の宿で詠まれる。ＪＲ中央本線で木曽川に沿って北に行き、「上松」の駅で下車する。そこから山へ入り、灰沢の鉱泉宿や民宿越前屋へ泊る。

掲句にも「木曽・灰沢　六句」と前書がある。

木曽はことに厳しい冬の佳句が生まれる地のようだ。

美しきものに火種と蝶の息

『薪水』
平成元年

魚目の俳句は「美」を追求し目指していたように思う。「書における、絵画における、自然の風物における、人間の営みにおける美」というものを。

ことに「蝶の息」は、震えるように繊細な蝶の羽ばたきを息として捉えたもので、はかなく哀しい。

では「火種」は何だろう。『日本国語大辞典』でひくと「火をおこしたり燃やしたりする種。もととなる火」とある。木曽灰沢の宿で見た囲炉裏のふつふつと息づいている「火種」だろうか。

閉関の日をおもひをり夜の柿

『薪水』
平成元年

この句の頃か、魚目がしきりに「閉関」という言葉を使うようになった。

「閉関」とは「門戸を閉ざし、世俗との交際を絶つこと」。元禄六年、白雪宛芭蕉書簡に「折々指出で候而迷惑致候に付、盆後閉関致候」とある。

魚目がほんとうに閉関するのはもっと後のことなのだが、もうこの頃から心中に思っていたのだった。

一尋といひ手をひろげ月の秋

『薪水』
平成元年

83

月の皓々と照る夜の景である。

男が二人、広い庭園で話をしている。

そばに池があり、月を映している。

「一尋といえばこれくらいかな」と男の一人が手を拡げて、かたわらの男に言っている。

それだけの景。何が一尋ぐらいなのかはわからない。

ただ月光に照らされた池と男達だけが目に浮かぶ。

薪水の労秋風に口むすび

『薪水』平成二年

橋本鶏二への悼句である。この句集の題名となった。

橋本鶏二は魚目の師の一人である。魚目は「年輪」の編集長をつとめ、若い頃は鶏二に連れられて鎌倉の虚子の家まで句を見てもらいに通っていた。

私が魚目を師としはじめた頃は、もう「晨」を立ち上げたあとであったので、橋本鶏二、波多野爽波先生の話はめったにしなかった。

そういう訳で、私は両先生のことは何も知らない。

滝みちや日のさしてゐる母の帯

『薪水』
平成三年

85

滝へ分け入る山道を歩いている。

青く茂った木々の間から、ごうごうと滝の音が響いて来る。滝はまだ見えない。

前を行く後ろ姿の母は日傘をさしている。日傘にも、母の帯にも、夏の強い日がちらちら射している。

養老の滝の吟行での作。その頃はお母様はとうに亡くなられていて、吟行の一行の中にはいない。

それぞれに火桶青年爽波あり

『薪水』
平成三年

86

「青」追悼号に載った波多野爽波への悼句。橋本鶏二の亡くなった次の年になる。

この年の末、十二月号で「青」終刊。

「爽波先生から『青』を継いでくれないかと電話があったが、私にはとても出来ませんとお断わりした」と魚目が話していたのを確かに聞いたことがある。

魚目はいよいよ創立同人として「晨」一本となった。

柝（き）の入りしごとくに鴛鴦（をし）の現れし

『薪水』
平成四年

「愛知県・田峯」と前書がある。

ここではたくさんの鴛鴦を見ることが出来る。

山沿いの清流に、どこからか鴛鴦が集ってくる。

世話をする方がいて、鴛鴦を見るためにテントが設置してある。鴛鴦を驚ろかせないように、見物人はそのテントの穴から覗く仕組みになっている。

役者の登場のように、鴛鴦が出現する。

うきくさや密教どこか赤く揺れ

『薪水』
平成四年

魚目の句は白のイメージだとずっと思っていた。降りしきる雪、氷る大地、真っ白な雪兎。白色が持つ純粋さや透明感、つめたさや厳しさが作句のテーマだと思っていた。しかし掲句は「赤」なのである。

そういえば、教室で「密教」という言葉をよく聞いた。その頃「密教」に心が動いていたのだろうか。

つめた貝ふえにふえけり炭俵

『薪水』
平成六年

89

魚目はいったいどうやって俳句を作っていたのだろう。

毎月一回は若手を集めて吟行句会をした。

総合誌からまとまった句数の依頼が来たときは、木曽や神島などに泊りがけで吟行に行く。

この「つめた貝」の句は、図鑑か何かをぱらぱらとめくっていて、貝の写真か絵から発想したと聞いた。

珍らしい貝なので、何かを感じたのだろうが、「炭俵」という季語は、いったい何処から来たのだろう。

二ン月やうしろ姿の能役者

『薪水』
平成六年

この句は魚目の好きな前田普羅の「面体をつゝめど二月役者かな」の句に触発されて出来たと思う。「二月」という季語が絶妙で、自分も使ってみたかったのだと思う。

歌舞伎役者ではなく能役者にしたところが魚目らしい。

松風に気性はげしき蟻出でし

『薪水』
平成六年

私の「松好み」はやはり魚目ゆずりなのだ。

この句は自画像だろうか。

魚目は静かな人に見えるが、実は気性が激しかった。

昔は逆鱗に触れると恐かったようだが、私が師事した頃はもうめったにそんなことはなかった。

まるで熊谷守一みたいに、しゃがんで蟻を見ている魚目の姿が浮かぶ。「じーっと見ていると左足の二本目から動き出すんだ」という守一の言葉は本当だったと魚目は言っていた。

松風がごうごうと吹きぬける海べりの林。砂混じりの土から黒い蟻が出てくる。

青空や三河の国の餅の音

『薪水』
平成六年

さっぱりして明るくて新年にぴったりのめでたい句。冬の句なのに魚目の句にしては珍しく、あまり冷たさや厳しさを感じない。

ぺったんぺったんと餅搗きの音が明るいリズムを刻む。名古屋で五十年暮らしてやっと少しわかったことがある。名古屋を中心とした尾張の国と、岡崎・吉良・蒲郡などの三河の国とは仲があまり良くない。生粋の尾張人である魚目がこんなに手放しで三河を誉め称えるのは、たいしたことなのである。

学海の人とし生れ花すすき

『松下童子』
平成八年

「中村雅樹君　学位を受く」と前書がある。魚目の教室に入った時、雅樹君はもうそこにいた。歳はひとつ違いだが学年は同じだ。お互いまだ三十代だった。彼は大学の先生でドイツ哲学専攻だと言う。私は初めからライバルと思っていた。しかし彼はすでに自分の俳句の詠み方を持っていて、私はまだカルチャーのおばさんで何もわからなかった。くやしいので「マサキ」と呼び捨てにしていた。年下の後輩なのに。マサキは長い論文を書いて博士号を獲得した。そして故郷の広島の先祖の墓の前で泣いて報告したのだった。

欷歔されば手紙としたり冬干潟

『松下童子』
平成八年

「武藤紀子さん母上を失ふ」と前書がある。私の母が亡くなった時、魚目から掲句の色紙を頂いた。「欷歔」の字が読めなかった。辞書で「悲しくて涙すること」という意味とわかった。次に「冬干潟」の季語を知らなかった。「干潟」は春の季語だ。こんな季語があったのかしら。それにこの季語が意味するところは何なのだろう。たしかに母が亡くなったのは冬なのだが。とにかく「悼句」であることだけはわかった。

その時、今はよくわからないが、この先いつか「冬干潟」で句を詠んでみたいと強く思った。

今ゆきし霰よ虚子の華奢な手よ

『松下童子』
平成九年

95

美しい句だ。宇佐美魚目の俳句に私が惹かれたのは格調の高いこの美しさゆえなのである。

虚子の手。巨人のように思えた虚子の、意外に華奢なその手。そして虚子の手と取り合わされた霰の美しさ。

「存問」という言葉がある。安否を問いなぐさめ、見舞うことである。存問は相手を思ってすることである。「いかがですか」と問う存問の対象は人間だけにとどまらない。植物、動物、山、川。俳句の全てが存問の句だ。

掲句には魚目俳句の根幹をなす存問と、もうひとつ美意識というものが見事に融合している。

三行のわさび礼状春の雲

『松下童子』
平成十二年

「良寛に手紙あり」と前書がある。

魚目は昔の書状などを収集していた。

虚子などの俳人の手紙だけではなく、僧侶や芭蕉など、古い時代の書状を探し、集めるのが好きだった。

この句の良寛の手紙を魚目が所持していたかはわからない。どこかで見たのかも知れない。

「わさびの礼状」といい、それがたった三行というところが気に入ったようだ。

「春の雲」という駘蕩たる趣のある季語が、良寛の人間性とあいまって柔らかな一句となった。

その時はともに浴衣や松の音

『松下童子』
平成十二年

「悼　飴山實氏」と前書がある。魚目は飴山實のことが大好きで「晨」を立ち上げるとき、大峯あきらと三人で発行したかった。結局飴山實が不参加ということになり、森澄雄のはからいで岡井省二が三人目の発行同人となった。私が中田剛の紹介で飴山實に学ぶ長谷川櫂の「京都句会」に行けるようになったと魚目に報告すると、「うらやましいな、僕もその会に入りたいな」と言われた。

よき柱背にしてあればのぼる月

『松下童子』
平成十四年

北山杉のような床柱を背に座り、窓の外に東山からの
ぼる月を見ている魚目の姿が目に浮かぶ。
晩年の魚目のあるべき姿のように思える。
柱を背に座る若い魚目の写真を見たことがある。
はたして魚目はその頃とどのように変わったのか。
それとも何ひとつ変わってはいなかったのだろうか。

陽炎の立つやこの筆衰へし

『松下童子』
平成十六年

99

魚目は俳人であり、書家であった。

書の方は書道教室を開いて沢山の子供達を教え、たつきの道でもあった。

俳句の方は「晨」の創刊同人であり、中日新聞の俳壇の選者であり、カルチャーの俳句教室の先生だった。

本人は書と俳句のどちらに重きを置いていたのだろう。

やはり俳句だろうか。

掲句を詠んだ時は七十歳半ば。今自分が七十一歳だからすべてに衰えてくるのがよくわかる。

一山の鳥一つ木に秋の晴

「円座」創刊号
平成二十三年

平成二十三年四月一日に「円座」創刊号が発行された。「祝・圓座創刊」の前書がある。「古志」の長谷川櫂主宰に「俳句結社を立ち上げなさい」と言われた。「古志の衛星誌ではなく、宇佐美魚目を師系とする俳誌を出版するのだ」と言われて決心した。「円座」創刊号に冒頭の祝句を魚目から頂いた。後の平成三十一年の「円座」宇佐美魚目追悼号にも魚目の写真と共に再録させて頂いた。魚目の流麗な筆跡が懐しい。

美を求めて

ある美術館の展覧会で高村光太郎の「手」を見たことがある。

高村光太郎には密かなあこがれを抱いていた。彼の詩・彼の彫刻、彼の生き方。昔「鯰」の彫刻を見たときは感動した。そして「手」を一目見たとき、ああと思った。これは宇佐美魚目が志している俳句なのだ。「手」は思っていたより迫力があった。指が長い。人差し指が真っ直ぐ伸びている。天をつらぬいている。中指はそれに添うように伸び、しなうような柔らかさがある。薬指は絶妙な曲がり方、小指は大きく曲がり、親指は力強くそり返っている。

全体として大きく伸びやかで力強く、男の気品がある。

ところで魚目の「手」はどんなだったろう。

つくづくと見たことはないが、骨格は同じようだったから、似ていたような気がする。ただ、彫刻家と書家という違いがあったから、細部は異なっているだろうが。

魚目はこの光太郎の「手」のような「俳句」を詠みたかったのではないか。「手」を見た瞬間にその思いが確信を伴って私の中に生まれた。

魚目の句には男の強さがある。直線の剛直さがある。いさぎよさがあり、しなやかさと艶がある。一本芯が通っており、詩がある。

棹立ちの馬の高さに氷るもの　魚目

香月泰男は魚目が愛した画家である。

香月は明治四十四年に山口県三隅村に生まれた。東京美術学校を卒業し、国画会に所属し、学校の美術の教師をしていた。昭和十八年に召集され、終戦と同時にシベリアに抑留されたのである。

過酷なシベリア抑留から生きて故郷に帰れた香月は、やがて「シベリア・シリーズ」という一群の絵を発表する。

二年間にわたるシベリアでの酷寒と飢餓と絶望の極限状態。凍土に埋められ見捨てられた戦友への哀惜と鎮魂の祈り。

色彩を極端に抑え、ほとんど白と黒とのモノクロームで描かれている。水墨画のような墨色で描かれたシベリアでの過酷な生活。死んでゆく人々の黒い顔。たとえば、「青の太陽」は、ほとんど全体を墨で塗りつぶしたような画面のやや上方に、ぽっかり青いいびつな四角の青空が描かれ、深い井戸の中から夜空を見ているような絵だ。

四角の青空に十個ほどの大きな星が描かれている。「匍匐訓練をさせられる演習の折、蟻の穴を見ていた。蟻になって穴の底から青空だけを見ていたい。深い穴から見ると、真昼の青空にも星が見えるそうだ」と香月は言う。ではこの絵の青い空は真昼の空なのだ。虚子の「爛々と昼の星見え菌生え」を思い出した。

「日の出」という絵は、真っ黒に塗りつぶされた画面の中程に、真っ赤な太陽が描かれている。

魚目は、ギャルリー・ユマニテで香月の絵を一枚買っている。「舟上」というその作品は、黒い舟の上に黒い人間が乗っている。五人目は右手だけが描かれ、手を振っている。他の四人はみな、腕を組んでいるのだ。この舟に乗っているうちの一人は、実は僕なんだと魚目はよく話していた。

魚目が敬愛していた香月泰男の言葉がある。

「一瞬に一生をかけることもある。一生が一瞬に思える時があるだろう。」

夜明けの暗い空に真っ赤な太陽がのぼる。死者はその太陽の下に葬られるのだ。

あかあかと天地の間の雛納　魚目

魚目の俳句に影響を及ぼした多くの俳人の中で、高浜虚子は特別な人だった。魚目と虚子とのかかわりは意外に長いのである。結婚式の仲人になってもらい、子供の名付け親にもなってもらった程なのである。

句会の折々に、魚目は虚子の話をしてくれた。我々弟子達は、魚目の口から昔の虚子の時代の句会の様子や、虚子の人となりを、何度も聞くことが出来たのだった。

昔は句会は短冊に墨書していたようなのだ。従って、清記する時字が読めなかったり、読みにくかったりして困ったこと。虚子が書いた短冊だと思って虚子の句をとったつもりでいたら、よく似た別人の句だったりしたという。

魚目の字は誰も真似出来ないので、こういう事はなかった。それどころか魚目が清記した句は美しく書かれていたため、良い句に見えて皆、とても喜んだものであった。

句会で誰かが「どうして自分の句がとられなかったのですか」とか「どこが悪かったのですか」などと聞いても、虚子は完全に無視して、そんなばかなことは聞くものではない、句が悪いからとらないのだとばかり、にらみつけていた話も聞いた。それ以来私達も、気楽に質問するということはなかった。

俳句は教えてもらうものではなく、自分で考えるものだとつくづく思い知ったのだった。

魚目は若い頃、橋本鶏二や四、五人の仲間と共に鎌倉の虚子の家に句を見てもらいに通っていた。もちろんまだ新幹線もない時代だ。名古屋から夜汽車に乗って何時間もかけて鎌倉までゆくのだ。やっと虚子の家に着いてもまだ朝も早い時間なので、虚子の家の門前で足踏みをして、訪問できる時間まで待っているのであった。ようやく時が来て邸内に入れてもらう。それぞれが墨書してきた自分の句を、恐る恐る虚子にさし出す。すると虚子はおもむろにその句稿を持って書斎に入ってゆき、選句をしてくれるのだった。やがて、虚子から選句をしてもらった句稿を返されるのだが、誰もその場でそれを開けて見るものはいない。うやうやしく押しいただいて、少し虚子と雑談してからおいとまするのであった。帰ることになって虚子の家の門を出るやいなや、皆いっせいに中身を見る。良いと思われた句には赤丸や赤いちょぼの印がついている。魚目がどきどきして開けてみると、何も印がついていない。勇気をふり絞って家に戻って「あのう」と言って句稿を虚子に見せると、虚子は「ああ、そうだったな」と言って句稿を持って再び書斎に引き返された。ああ良かったと喜んで待っていたところが、戻って来た句稿には、何の印もついていなくて、ただ最後に「虚子」と句稿を見たという印の名前が書き足されていたという。結局一句もとってもらえなかったのだ。その時の帰りの汽車では、どんな気持ちだっただろう。

魚目はまた、虚子の家での印象的な出来事を話してくれた。ある時、いつものように皆で句を見てもらうために虚子を訪れた。珍しく虚子に「宇佐美君、少し手伝ってもらいたいことがあるんだが残ってくれないか」と言われた。喜んで虚子の手があくのを待っている間、裏庭に廻ってみた。庭にはあちこちにいっぱい焚火の跡があった。虚子は焚火が好きなのだろうか。何が入っていたかわからない「ガンガン」が沢山転がっていた。灰や焼け残った藁などのかげに、かたつむりがたくさんいた。ふと虚子はかたつむりが好きなんだろうかと考えた。もしかしたらかたつむりの方も虚子が好きなんだろうかと思った。庭中のかたつむりがひらひらと虚子に手招きし、そこへ虚子がひらひらとやって来る姿が見えたと魚目は言っていた。

なんとも不思議な話ではないか。

虚子とかたつむりと魚目の物語。

山みちを紅炉へもどる虚子忌かな　　魚目

「存問」という言葉を辞書でひくと、安否を問うこと。訪ねなぐさめること。見舞うこと。慰問すること。と書かれている。

「存問」は俳句の根幹に関わることであり、宇佐美魚目は存問の作家であるといってよい。

俳句に関していえば、存問の対象は人間だけにとどまらない。自然もまたその対象となる。植物、動物、特別な土地、山、川、海。

魚目の最後の句集『松下童子』の扉に唐の詩人の「尋隠者不遇」の詩がのっている。この短い詩には三人の人物が登場する。松の下にたたずむ童子、山中へ薬草採りに入る隠者、その隠者を尋ねて来た人物。この三人である。魚目ははたしてこの三人のうちの誰に心を寄せているのだろう。

先生はどうしておられますかと尋ねてきた道を探す人物だろうか。それとも大切な薬草を探して山中に姿を消した隠者にだろうか。

魚目はこの三者のそれぞれすべてに心を寄せているように、私には思えるのだ。いうなれば俳句のすべてが存問の句とも言える。しかし、魚目にとっては人間、それも古人に対する存問の思いが濃いのではないか。

魚目の「古人」の範囲はいたって広いのだ。父母、友人、先輩をはじめ、虚子、香月泰男、高村光太郎、會津八一、芭蕉、道鏡、最澄、空海、褚遂良、顔真卿、へとさかのぼる。

これらの古人、先達からつながる一本の赤い糸に熱い思いをのせて、魚目の胸へと流れ込んでくるもの。それこそが魚目俳句だ。

武藤紀子さん母上を失ふ

欷歔されば手紙としたり冬干潟　　魚目

俳句の師としての魚目は私が選んだ。

一人娘が小学校四年生になったので、だいぶ手がすき、何か習い事をしようと思った。

その頃はカルチャースクールが大流行で、あらゆる種類の教室が揃っていた。料理教室や籐編み教室を経た後、ご近所の友と俳句の教室に入ってみた。俳句については何も知らなかったので、近くの通い易い教室に入ってみたのだ。そこで児玉輝代先生に出会った。児玉先生は「杉」の同人で、立ち上がったばかりの「晨」の同人でもあった。

俳句が面白くなった私は、そのうち月二回の教室だけではもの足りなくなり「晨」の句会や「杉」の句会などにも出入りするようになった。それらの句会で、宇佐美魚目、岡井省二に出会い、大峯あきらの名を知った。

やがてカルチャー教室ではなく、誰か先生についてみっちり俳句をやってみたくなった。そこで魚目、あきら、省二の三人の句集を求めて読んでみたのだ。三冊の句集を読み、すぐ師は魚目だと思った。私にはこの先生だ。しかも同じ名古屋市に住んでおられるのである。

今でもこの時の決心は正解だったと確信しているが、考えてみると「選んだ」

と言っている私自身、まだ何もわかっていない素人なのである。俳句というものが何かちっともわからない。魚目がそれまでどのような俳句の歩みをしてこられたのかも知らない。私自身の資質もわからないし、どこへ行きたいのかも知らないのであった。ただ「この先生だ。この先生についてゆくのだ」と思うばかりだった。

そして驚いたことに、三十年間魚目に師事してきた今も、その時と全く変わらず何もわかっていない私なのである。

高村光太郎の彫刻も、香月泰男の絵画も、高浜虚子の俳句も、それぞれに美しい。

なにか根元的な厳しさを持った美しさがあるように感じられる。

魚目に強く惹かれたのは、この美というものではないかと私には思われるのである。

冬の厳しさ、冷たさ、純粋さ、透明さを持った美なのである。

初句索引

著者略歴

武藤紀子（むとう・のりこ）

昭和26年　石川県金沢市生まれ。
昭和61年　児玉輝代に俳句を学ぶ。
昭和63年　宇佐美魚目に師事。「晨」同人。
平成５年　長谷川櫂に兄事。「古志」同人。
平成23年　「円座」創刊主宰。
句集に『円座』『朱夏』『百千鳥』『冬干潟』。
著書に『元禄俳人芳賀一晶と歩く東海道五十三次』『シリーズ自句自解Ⅱベスト100武藤紀子』『たてがみの摑み方』

現住所　〒467-0047名古屋市瑞穂区日向町3-66-5

発　行　二〇二一年四月一日　初版発行
著　者　武藤紀子Ⓒ Noriko Muto
発行人　山岡喜美子
発行所　ふらんす堂
〒182-0002　東京都調布市仙川町一―一五―三八―2F
TEL（〇三）三三二六―九〇六一　FAX（〇三）三三二六―六九一九
URL http://furansudo.com/　E-mail info@furansudo.com
宇佐美魚目の百句
振　替　〇〇一七〇―一―一八四一七三
装　丁　和　兎
印刷所　日本ハイコム㈱
製本所　三修紙工㈱
定　価＝本体一五〇〇円＋税
ISBN978-4-7814-1369-3 C0095 ¥1500E
乱丁・落丁本はお取替えいたします。